點點故鄉情系列

婆婆密語

何巧嬋 著

Spacey Ho 繪

新雅文化事業有限公司
www.sunya.com.hk

點點故鄉情系列

婆婆密語

作者：何巧嬋

繪圖：Spacey Ho

責任編輯：張斐然

美術設計：劉麗萍

出版：新雅文化事業有限公司

香港英皇道499號北角工業大廈18樓

電話：（852）2138 7998

傳真：（852）2597 4003

網址：http://www.sunya.com.hk

電郵：marketing@sunya.com.hk

發行：香港聯合書刊物流有限公司

香港荃灣德士古道220-248號荃灣工業中心16樓

電話：（852）2150 2100

傳真：（852）2407 3062

電郵：info@suplogistics.com.hk

印刷：中華商務彩色印刷有限公司

香港新界大埔汀麗路36號

版次：二〇二二年八月初版

ISBN: 978-962-08-8076-6

給小讀者的話

　　小男孩東東和他的三位好朋友一起學習像謎語一樣的「婆婆＊密語」，真是好玩極了。「婆婆密語」後來還變成了「好朋友蜜語」，解決了他們的大問題。

　　歡迎你一起來為「婆婆密語」解密，猜猜故事中的「婆婆密語」是什麼意思吧，它們都是以斜體字表示的啊！悄悄告訴你，謎底在書後可以找到。

*婆婆：香港對外祖母的稱呼，內地及台灣
　　　多稱外婆、姥姥或阿嬤、外嬤。

香港的孩子在學校要學習兩文三語。

兩文：中文和英文；

三語：廣東話、普通話和英語。

東東好自豪，因為他除了兩文三語，還會「婆婆密語」。

什麼是「婆婆密語」？

讓我來解說一下：

首先是「婆婆」，毫無疑問，「密語」來自東東的婆婆。

既然是「密語」，就不是人人都聽得懂的，而是一種秘密語言了。

「婆婆密語」就是東東和婆婆的「秘密」
語言，要說「秘密」其實也不是那麼秘密！
　　東東的婆婆在潮州出生，十歲從家鄉來
到了香港。
　　婆婆會說潮州話，廣東話也說得流利。
　　可是，她一直堅持在家裏講潮州話。

「為什麼要講潮州話？」東東問。

婆婆撫摸小孫兒濃密的頭髮，回答：

「*阿孥*，理由超過一百個，就給你簡簡單單談一談。」

「潮州話是*農*的家鄉話，帶了家鄉的故事。」

7

東東從小由婆婆照顧，當年，婆婆為東東寶寶
洗澡，總是一邊輕輕拍水，一邊溫柔地唱：

「一二三，洗浴免穿衫；
　　　三四五，拍*胸肝*飼大大，拍胸後食到老。」

婆婆以歌聲祝福東東快高長大，健康到老！
東東寶寶嘻嘻地笑。

這歌聲，這笑聲多麼親切，多麼熟悉！
在很久的從前，太婆每次為他們五兄弟
姊妹洗澡的時候都會唱着同樣的歌。

「一二三，洗浴免穿衫；
　　　三四五，拍*胸肝飼*大大，拍胸後食到老。」

10

唱着唱着……
兄弟姊妹就漸漸長大了。

唱着唱着⋯⋯

一二三，洗浴免穿衫；

三四五，拍胸肝飼大大，

拍胸後食到老。

汕頭

香港

泰國

澳洲

越南

五兄弟姊妹都散落在
不同的地方。

13

唱着唱着……

一二三，洗浴免穿衫；

三四五，拍胸肝飼大犬，

拍胸後食到老。

幾十年過去，聽歌的人，變成了
唱歌的人，唱了一代又一代。

唱着唱着⋯⋯
一代又一代。
婆婆多麼希望東東把這歌繼續唱下去！

東東的媽媽、爸爸都早已不說潮州話了。

可是，婆婆還是堅持在家裏講潮州話，東東成為婆婆「堅持」的對象。

東東也喜歡潮州話，還給它起了個特別的名字——「婆婆密語」。

潮州話和廣東話大不相同，東東的好朋友都不會潮州話。
越是不明白，大家越是感興趣。
正好讓東東可以表演「婆婆密語」。

在學校裏，東東、朱炳偉、張家雄和梁天華是最要好的朋友。
他們每次聽到東東的「婆婆密語」，都爭相解讀。
「婆婆密語」像猜謎語，又像玩智力遊戲，真是好玩極了！

最近，東東發現「婆婆密語」還可以解決大問題。
上星期的體育課，老師舉行了二人三足比賽。

好朋友，腳並腳，肩並肩，
一二、一二、一二，
向前跑、跑、跑……

唏哎、唏哎、唏哎，
向前衝、衝、衝……

家雄與天華，
一個高，一個矮；
一個跑得快，一個跑得慢。

哎呀！雙雙跌倒了。

輸掉了比賽，家雄與天華好失望呀，
呱啦呱啦地吵起來。

「都是你不好，跑得
慢吞吞，拉也拉不動！」
家雄向天華生氣地大喊：
「這算什麼比賽呀！」

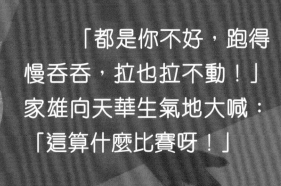

「都是你不好，不理別人，只
顧自己，都把我拉跌了！」天華回
罵：「這算什麼合作呀！」

就這樣，四個最要好的朋友，現在兩個互不理睬了。
一天過去了，天華和家雄，還是在生氣。

兩天、三天、四天……都過去了，
天華和家雄，仍然在生氣。

「怎麼辦好呢？」
東東和炳偉好煩惱。

東東想起婆婆說過：
「潮州人很重視朋友。」

婆婆會有好辦法嗎？
東東和炳偉決定向婆婆請教。

聽過家雄和天華吵架的經過，婆婆哈哈大笑起來。

　　婆婆拿起紙筆，寫下了「婆婆密語」，交給東東和炳偉。

今天小息的時候，
東東找來了天華，
炳偉找來了家雄，
一起來玩「婆婆密語」。

東東打開了婆婆的字條。

「*家白人，莫相罵。*」東東大聲唸起來。

「這個太容易了，誰都會明白喇。」家雄不屑地說。

忽然，他想起了什麼，望一望天華，低下頭來。

「*過腳事，歇就歇。*」東東繼續唸。

「這句有點難！」炳偉單起一隻眼睛，鬼馬地向
天華建議：「天華，你來試試吧！」

天華想了一想，輕聲地回答：「我知道了！」

「這句我會唸。」炳偉拿過東東手上的字條說：
「做人勿割蒂。」
「勿割蒂？」家雄和天華一頭霧水。

「勿貢過隻鴨？」東東雙手托着腮。
「貢過隻鴨？」家雄和天華瞪大眼睛，摸不着頭腦。
「好兄弟，勿小理。」炳偉得意洋洋繼續說。

東東把家雄和天華的手拉在一起：
「好朋友，握握手。」

「好朋友，握握手？也是『婆婆密語』嗎？」炳偉問東東。
「這是好朋友蜜語！」東東哈哈大笑。

四位好朋友緊握着手，
記住了「婆婆密語」，
也記住了好朋友蜜語。

給伴讀者的話

　　語言是人類賴以表達、交流和思考的工具，家鄉語更是理解民族文化和智慧的鑰匙。這個故事通過祖孫之情，激發孩子的好奇心，讓潮州方言以輕鬆活潑的形式融入孩子的校園生活，讓鄉土的文化和智慧，涓涓滴滴潤澤孩子的心田。

　　書後附有延伸活動，小朋友可以訪問長輩，加深對自己家鄉方言的了解。

潮州方言

　　潮州話又叫「潮語」，是廣東三大漢語方言之一，也是其中一種現今全國最古老、最特殊的方言。潮州話源遠流長，歷史可以追溯至舊石器時期（公元前221年）。潮州話當中保留了不少古音古義，因此被稱為「古漢語的活化石」，在語言學研究上有重要價值。

　　潮州話流行於粵東地區，加上華僑和港澳居民，使用的人數達 2,500 萬以上。無論對中國或世界來説都是一個重要的語系。

　　對許多人來説，家鄉話是維繫感情的紐帶，有着很強的凝聚力。尤其在異域他鄉，家鄉話使人倍感親切。

　　語言是文化的載體，每個地方都有自己的地方文化和方言。家鄉話作為地方文化的載體，傳承地方特色方言，寄託鄉情，具有代代相傳的重要意義。

　　故事中的潮州話你都讀懂了嗎？一起來揭曉謎底吧。

潮州話（出現頁數）	含義
阿㤉（第 7 頁）	長輩對小孩子的暱稱
儂（第 7 頁）	我們
胸肝（第 8、10、12、14 頁）	胸前
飼大大（第 8、10、12、14 頁）	吃得快高長大
家自人，莫相罵（第 27 頁）	自己人，不互相指罵
過腳事，歇就歇（第 28 頁）	過去的事，放下就放下
勿割蒂（第 29 頁）	不要小氣
勿貢過隻鴨（第 29 頁）	不要傻瓜瓜，不明不白
勿小理（第 29 頁）	不要害羞

家族小記者：家鄉話小調查

　　在家中，你和家人日常溝通時主要使用哪一種語言？是廣東話、普通話還是英語？抑或是其他方言？現在，請你化身為小記者，在家中做一輪採訪，問問家人以下幾個問題，了解大家會的家鄉方言吧。

1. 你的家鄉在哪裏？

　　_____

2. 你會講家鄉的方言嗎？

　　_____

3. 你會在什麼場合使用方言？

　　_____

4. 你是否學習過其他地區的方言？

　　_____

　　你還可以設定更多的問題，然後把答案記錄在一個小本子內，或是和家人學幾句常用的方言，建立你們之間的溝通密語！

作者簡介
何巧嬋

香港教育大學榮譽院士、澳洲麥格理大學教育碩士。

曾任校長,現職作家、學校總監及香港教育大學客席講師。

主要公職包括多間學校校董、香港康樂及文化事務署文學藝術專業顧問、香港兒童文藝協會前會長等。

何巧嬋熱愛文學創作,致力推廣兒童閱讀,對兒童成長和發展有深刻的認識和關注。

截至 2022 年為止已出版的作品約 180 多本,其中包括《香港兒童文學名家精選:養一個小颱風》、《成長大踏步》系列及《嘻哈鳥森林故事叢書》系列等。

繪者簡介
Spacey Ho

自 2013 年起投身創意文化界,曾任幼兒繪畫導師,享受與孩子投入無框架的創作世界。至今於亞洲各地已出版的繪畫作品達過百本,合作單位涵蓋出版社、非牟利組織、教育機構及品牌。

Spacey Ho 的作品溫柔可愛富童真玩味,除了為孩子創作,她亦不時發表以運動和瑜伽為題的畫作,以畫筆連結動與靜,溫暖大家的心。